Annie Ernaux

L'Occupation
Annie Ernaux

占据

著

[法] 安妮·埃尔诺

译

米兰

上海人民出版社

作者简介：

安妮·埃尔诺出生于法国利勒博纳，在诺曼底的伊沃托度过青年时代。持有现代文学国家教师资格证，曾在安纳西、蓬图瓦兹和国家远程教育中心教书。她住在瓦兹谷地区的塞尔吉。2022年获诺贝尔文学奖。

译者简介：

米兰，毕业于复旦大学和巴黎政治学院，现居巴黎。译有《法国大革命思想史》《美杜莎的笑声》等作品。

"安妮·埃尔诺作品集"
中文版序言

当我在二十多岁开始写作时，我认为文学的目的是改变现实的样貌，剥离其物质层面的东西，无论如何都不应该写人们所经历过的事情。比如，那时我认为我的家庭环境和我父母作为咖啡杂货店店主的职业，以及我所居住的平民街区的生活，都是"低于文学"的。同样，与我的身体和我作为一个女孩的经历（两年前遭受的一次性暴力）有关的一切，在我看来，如果没有得到升华，它们是不能进入文学的。然而，用我的第一部作品作为尝试，我失败了，它被出版商拒绝。有时我会想：幸好是这样。因为十年后，我对文学的看法已经不一样了。这是因为在这期间，我撞击到了现实。地下堕胎的现实，我负责家务、照顾两个孩子和从事一份教师工作的婚姻生活的现实，学识使我与之疏远的父亲的突然死亡的现实。我发觉，写作对我来说只能是这样：通过我所经历的，或者我在周遭世界所生活的和观察到的，把现实揭露出来。第一人称，"我"，自然而然地作为一种工具出现，它能够锻造记忆，捕捉和展现我们生活中难以察觉的东西。这个冒着风险说出一切的"我"，除了理解和分享之外，没有其他的顾虑。

我所写的书都是这种愿望的结果——把个体性和私密性转化为一种可感知的和可理解的实体，可以进入他人的意识。这些书以不同的形式潜入身体、爱的激情、社会的羞耻、疾病、亲人的死亡这些共同经验中。与此同时，它们寻求改变社会和文化上的等级差异，质疑男性目光对世界的统治。通过这种方式，它们有助于实现我自己对文学的期许：带来更多的知识和更多的自由。

安妮·埃尔诺

2023 年 2 月

目　录

可我知道,

一旦我鼓起勇气走到自我感觉的尽头,

就能发现自身的真相,同时也是宇宙的真相,

关乎那些不断震惊我们并伤害我们的东西。

——简·里斯(Jean Rhys)

　　我总想怀着这样的心情写作：仿佛文字发表的时候我已经不在了。仿佛到了那时我已死去，便再无人评判我了。真相只有在死亡的作用下才能大白，也许吧，即便这信念仅仅是幻觉。

　　醒来第一个动作，就是抓起他晨勃的

4

性器，一直抓着，有如抓住一截树枝。我想："只要抓着这东西，我就不会在世上迷失。"今天回想这句话的意义，那时候自己似乎想说，除了把这男人的性器紧握在手，别的什么都不想要。

他现在正躺在另一个女人的床上。她也许正做着同样的动作，伸出手，抓住他的性器。好几个月了，我总感觉那是我的手。

然而，是我自己要离开 W. 的。几个月前，我与他结束了长达六年的关系。既出于倦怠，也由于他热切渴望的共同生活我给不了。刚从十八年的婚姻中脱身出来，这自由我不愿放弃。分开后，我们继续通电话，不时也见面。有天晚上他打过来，告诉我他要搬出单间公寓，去跟一个女人同居了。从此通电话和见面也有了守则——电话只能打到他手机，见面绝不能在晚上或周末。崩溃的感觉侵袭而来，而我从中觉出了新东西。这一刻起，另一个女人的存在侵占了我自身的存在。只有通过她，我才能思考。

那个女人充斥着我的头脑，我的胸膛，我的肚子，她到处伴随我，支配着我的情绪。与此同时，她这样不间断的在场也使我活得更刺激了。她激发我前所未见的内心活动。她给我以能量，注入异想天开的源泉，我原以为自己没有如此才能。

她把我维持在狂热而持续的活动中。

我忙于被她占据。

这状态使我远离了日常烦忧与恼怒。某种程度上让我超越了常规生活的平庸。就连往往由政治事件、新闻时事激起的反思也影响不了我了。2000 年夏季世上发生的事，我即便仔细回想，却什么也想不起来，除了那架起飞后即坠毁在戈内斯一处旅馆的协和飞机。

一方面是痛苦，另一方面是对这种痛苦的思考，确认它，分析它，除此之外，无法思考任何其他东西。

　　我无论如何也要知道她的姓名，她的年龄，她的职业，她的住址。我发现，社会拿来定义个人身份的这些信息反而是头等要紧的，尽管人们轻易就认定它们对真正了解一个人毫无帮助。只有通过这些信息，我才能从全体女性这无差别的群体中提取一个生理与社会的类型。它们给我再现一个身体，一种生活方式，给我刻画一个人物形象。当他不情不愿地告诉我，她四十七岁，是大学教师，离了婚，有个十六岁的女儿，住在巴黎第七区的拉普大道上时，她的身影便成形了，一丝不苟的套装与衬衫，无可挑剔的发型，在资产阶级公寓半明半暗的光线下，伏案备课。

很奇怪，47 这个数字从此变得具体。我到处看到这两个数字，硕大无朋。只有在时间的顺序与老去的过程中，我才找得到女性的位置，我评估她们老去的迹象，拿来跟自己做对比。所有女性，只要我看着像在四十到五十岁之间、居住在高档街区，身穿"优雅简约"的统一套装，就都是那个女人的分身。

　　我发觉自己憎恨女教师——尽管我自己就曾是教师，最好的女性朋友也是——因为我觉得她们气质坚决，没有瑕疵。高中时代对她们的看法又回来了，那时女教师给我的印象甚至让我以为自己永不可能像她们一样，所以不可能干这行。我情敌的身体就此扩展到整个教师群体，使其前所未有地名副其实——教师的身体，教师的群体。

地铁里任何背着公文包的四十岁左右的女人都是"她",看到就痛苦。对于我的注视,她总表现得毫不在意,从座位上起身下车时多少带着活泼与坚决——下车的站名我立即记在脑海里——就像在取笑我的人格,就像在取笑整趟车程都把她当作 W. 新欢的我。

有一天,我记起鬈发下双眼闪着光的 J.,吹嘘她是如何在睡梦中高潮并惊醒的。而那个女人立即取代了她,我所见所闻都是那个女人,淫靡四溢,反复高潮。

就好像女人的一整个类别凯旋般站起来了——有着出众性感魅力的高傲女人，装点女性杂志夏季性感增刊的那些光芒万丈照片上的女人——我则被排除在这一类别之外。

把我遇见的女人的身体转化为那个女人的身体，我持续进行这种操作：我"到处看到"她。

如果我正好从《世界报》的公告版面或房地产广告页读到"拉普大街"，想起这是那个女人居住的街道，阅读就会突然受到干扰，我会继续读报，却不明白读了什么。从荣军院到埃菲尔铁塔，在涵盖了阿尔马桥和第七区宁静高尚街区的一个不确定范围内，有一片我无论如何也不愿前往冒险的领地。那片区域完全被那个女人玷污了，却始终与我同在，从我居住的城西郊外高楼的窗户就能望见埃菲尔铁塔，塔顶灯光化作光的画笔，扫来扫去，每晚固定而固执地为我勾勒出那片区域的轮廓，直至午夜降临。

当我不得不进入巴黎市区，去拉普大

街附近的拉丁区办事，极有可能撞见由那
个女人陪同的 W.，我就觉得自己进入了敌
方空间，以说不清的方式从各个方向受到
监视。就好像我用那个女人的存在填满了
这街区，我自己的存在反而无处容身了。
我觉得自己是假的。走在圣米迦勒大道或
圣雅各路上，即便是不得不去，也像在暴
露我想遇见他们的渴望。我承受着无尽的
谴责目光之重压，整个巴黎都在为这渴望
惩罚我。

　　嫉妒最了不起的地方在于，用某个自

己从未见过的存在填满一座城，乃至整个世界。

当我想到别的事，感到恢复了以前的自己，难得能够喘息片刻时，那个女人的形象会猝不及防地穿透我。仿佛这形象不是自己头脑的产物，而是突然从外界闯进来的。这女人似乎能够在我脑海中随意进出。

我常在脑海里给自己放电影——想象即将到来的美好时光，外出、假期、生日

16

晚餐——所有这些总是预演日常生活乐趣的自我虚构，全部让位给外界涌现的钻心画面。就连在梦中，我都不再自由。我甚至不再是自我再现的主体。有个我从未见过的女人不请自来，侵占了我。或者正如有天某个坚信自己被敌人施法夺魂的塞内加尔人所说，我"中了蛊"。

只有当我试穿刚买的长裙或裤子，期待着下次与 W. 会面时，才觉得摆脱了这种侵占。我想象他注视的目光，于是变回了自己。

我开始为跟他分手了而痛苦。

我不被那个女人占据时，就暴露在外部世界的猛烈攻击下，想起我与 W. 的共同过往，事到如今有了无可挽回的失落之意。

我们相处的画面会在记忆里突然浮现，像电影那样，一帧一帧地不间断快放，令人眩晕，重叠堆积，不肯消失。街道、咖啡馆、酒店房间、夜班列车、海滩，盘旋着相撞。大量场面和景象，真实得吓人，好似"身临其境"。感觉就像我和 W. 这段关系期间存下的图像，正由大脑持续喷射释放，而这喷涌我无法阻止。仿佛那些年的整个世界铁了心要把我吞没，只因我当初没好好品尝它那独特的滋味，所以回来报复。有时，这痛苦弄得我近乎疯狂。不过，痛苦正是我还没疯的标志。我知道自己还能倒上一大杯酒，要么吞下一片安眠药，好让这残酷的旋转停下。

这是我头一回感受到情感与情绪的物

质性，那样持久、有形，乃至独立，完全脱离我的意识而自由活动，让我实实在在受其折磨。这些内在状态对应着自然界：浪涛汹涌，崖壁坍塌，无底深渊，海藻蔓延。我终于明白了拿水火比兴的必要。哪怕最为滥用的比喻，也得先有生活体验才行，某一天，被某个人所体验。

电台播放的歌曲、报道，还有广告，总会一再把我抛入与 W. 相处的时光。听到《我等着》(I'll be waiting)，《只是个好人》(Juste quelqu'un de bien) 或乌斯曼·叟（Ousmane Sow）的访谈，我会立即哽咽。后者创作的巨型雕塑展，我曾与他一道在巴黎的艺术桥上看过。任何令人联想到分手或别离的事——某女主播离开任职三十年的 FIP 电台——都足以让我心神不宁。我像因疾病或抑郁而变得虚弱的病人，任凭所有痛苦在体内发生共鸣。

有天晚上，站在法兰西岛大区快铁的月台上，我想到安娜·卡列尼娜跃向火车前的一瞬，想到她当时手持红色小包。

最先回想起来的是我们相处前期的事，关于自己如何使用他那"宏伟"的性器，我还曾将其写进私密日志。到头来，如今的我，看到的并不是那个女人，而是当初恋爱中的自己，如此确定他的爱意；是站在我俩之间尚未发生的一切边缘，却再也不可能成为的那个自己。

我想把他夺回来。

有部影片，我迫切期待它在电视上播出，理由是我错过了院线上映。事后我不得不承认，其实完全不是因为这个。我错过院线上映的影片那么多，几年后也都上电视了，可我并不在意。我单单想看《肉体学校》(L'école de la chair)，因为我知道电影讲的是穷青年与年长且富有的女性发生关系，这正是我与 W. 的故事，也是现今那个女人与 W. 的故事。

不论剧情如何，只要女主角痛苦，那就是再现我的痛苦。沉重的双倍痛苦，压在女演员身上。太沉重了，以至于电影结束时，我仿佛也卸下了担子。有天晚上，我看一部日本黑白片，讲的是战后，不停下雨，边看边以为自己也沉到悲痛之底了。我想，这要是在六个月前，我就会带着愉悦观看同一部电影，还会因未曾经受片中的苦痛而感到深深的满足。事实上，情感宣泄只对那些没受过激情折磨的人有效。

偶然听到的《我会活下去》（I will survive）也会使我愕然。早在这支歌响彻世界杯各足球队更衣室之前，我已在W.的公寓和着它狂舞过好几个夜晚了。那时候我在他面前转啊转地起舞，满脑子只有歌曲的旋律与格洛丽亚·盖诺的烟熏嗓，感觉爱情已经战胜了时间。后来在超市，我在两则广告的间隙听到这歌，歌者反复唱出的主题有了全新的意义，如此决绝：我也会，一定会，我会活下去。

他始终不愿告诉我她的姓名。

这不在场的姓名哟，我围着这空洞打转。

我们继续会面，在咖啡馆，在我家，这时候我会反复问他，有时以游戏的形式（"告诉我她名字的第一个字母就好了"），他不答应，说是不愿受我"逼问"，同时还问我："你知道了又有什么好处?"我时刻准备好据理力争："求知欲本身正是生命与智慧的形式。"结果却只应和道："没什么好处。"其实心里想："有一切好处。"我还是小孩子时,在学校操场上喜欢看隔壁班的这个或那个女孩,就会想尽办法得知她们的名字。青春期的我,又弄到了常在路上碰见的男孩的名字,还把其首字母缩写刻在教室的木课桌上。在我看来,给那个女人安上一个名字,透过那字眼和发音传达的东西,我就能想象出一种人物类型,就能暗自占有她的形象——即便是全然错误的形象。知道那个女人的名字,意味着在我自身存在缺乏之处，夺取一点点属于她的东西。

　　在我看来，他不肯告诉我她的姓名，哪怕稍微描述一下也不肯，是怕我对她施以暴力或诡计，怕我去找她大闹一场——他竟以为我能做出最坏的事，这可耻的念头加深了我的痛苦。有时，我还疑心这是他的情感兵法：让我一直处于沮丧中，好把我对他重燃的渴望维持下去。有时，我又会从中看出他对她的保护欲，保护她不受我的思绪干扰，仿佛这思绪对她有害似的。其实，他兴许只是依照童年养成的习惯行事，在同学面前为酗酒的父亲打掩护——他习惯隐瞒一切，任何细节，哪怕有一点点可能导致他人评判的细节，都要隐瞒，"祸从口出"，羞怯而傲慢的他从这条定理中汲取了力量。

我为搞到那个女人的名字而痴狂，这需求不惜一切代价也要被满足。

我到底还是从他那儿套出了一些情报。他坦白她是巴黎三大历史副教授的当天，我就迫不及待地登录该大学的网站。

我一见按照专业列出的教师名单，再见名

字边上就是电话号码，那一刻难以置信的

癫狂幸福感啊，智力层面的任何发现带来

的幸福都无法与之比拟。我下拉页面，又

逐渐感到失望：即便历史专业的女性教师

远远少于男性，我也无法从这份名单中识

别出她。

　　只要从他那里榨取到新线索，我就会

立即投入磨人却不懈的网上搜索，上网一

下子成了生活中的紧要大事。他告诉我她

的博士论文写的是迦勒底人，我马上发动搜索引擎——"引擎"这名字起得好，我思忖——搜索"博士论文"。经过无数次点击——专业、答辩地点——，我注意到一名女教师。之前在巴黎三大的古代史教师名单上，我已经见过这个名字了。我怔怔地看着屏幕上那几行字。那个女人的存在从此变得真实，真实得残酷而难以摧毁，像一尊塑像，拔地而起。接着，有一种平静侵袭了我，伴随而来的是空茫之感，与考试通过后的空虚类似。

又过了一会儿，怀疑袭来，我登入国

家电信网络（Minitel）上的公共电话簿，搜索几次，发现这位女教师住在凡尔赛，而不在巴黎。果然不是那个"她"。

每次，只要我又对那个女人的身份产生新怀疑，胸口就会立即被这暴烈喷发的想法刺穿，留下一个空洞，手就会立即发热，这灼热之于我是确信的标志，或许正如光照之于诗人或学者。

有天晚上，我又经历了这样的确信，立即上网搜索教师名单上的另一个姓名，看看她是否出版过有关迦勒底人的著作。

该姓名的页面下方写着："《圣克肋孟圣髑之迁移》论文准备中。"我被喜悦冲昏了头，想象自己带着摧枯拉朽的讽刺对 W. 说："《圣克肋孟圣髑之迁移》，多么激动人心的选题！"或者"这就是全世界翘首期盼、感天动地的论文了吧！"之类，大意如此，我试着用不同的方式来表达，就是为了肆意嘲讽那个女人的辛勤工作。

可是种种迹象表明，她不可能是这篇文章的作者，首先，殉教的罗马教宗圣克肋孟和迦勒底人之间实在没什么明显的联系。

我还想象自己拨通那些教师的电话——号码我已工工整整地抄写下来，拨打前还得小心翼翼地加拨隐去来电显示的 3651——，"可以叫 W. 接电话吗？"如果真是那个女人，如果她真的回答："可以"，我就会语调粗俗地拉扯她的健康问题，那是他不小心泄露给我的："哎呀贱人，你那不争气的胆囊好点了吗？"然后挂断电话。

这样的时刻，我会感觉原始的野性复

苏了。要不是社会规范压制内在冲动，我大概会就此肆意妄为，比如，也许不是在网上搜索那个女人的姓名，而是咆哮着对她射光整把左轮手枪的子弹："婊子！婊子！婊子！"我确实这样尖叫过几次，只不过手里没枪罢了。我内心深处的痛苦正在于没法杀死她。我好羡慕残暴社会的原始风俗，许我绑架她，甚至杀了她，三分钟内完事，没有绵延不绝的痛苦。我更加理解法庭为什么要宽大处理所谓的"激情犯罪"。法律本是源自理性和社会生活之必需，它惩罚杀人犯，却不适用于激情犯罪，因后者遵循另一种法则，源自本能：想要消灭侵犯我们身体和精神的人。由于难以忍受痛苦折磨而犯下终极罪行，法庭实在不愿多加惩处，那是奥赛罗的罪行，是罗克珊的罪行。

因为这关乎重获自由，关乎抛开内心重负，我的所作所为全为这一目的。

我还记得当初结识 W. 后，他离开前任与我在一起，那女孩曾对他说："我要在你身上扎针。"用面包芯做个小人，对其扎针，在我看来也没那么蠢了。然而，双手摆弄面包芯，往小人心口或头部戳针的傻瓜可怜虫不是我：我不会"堕落到那个地步"。可是堕落的诱惑又是那么吸引人，那么吓人，就好比从井口躬身往下看，望见自己的形象在井底颤动。

在此写作，跟扎针也没什么不同吧。

总的说来，我接纳了自己原先鄙视或嘲笑的行为。"怎么可以这样！"变成了"其实我也可以这样"。我觉得自己的

痴狂态度跟某些社会新闻的主角类似，据
报道，有个年轻女性持续多年打电话骚扰
前任及其女友，答录机都让她的留言塞爆
了，诸如此类。既然我能从几十个女人身
上认出 W. 的女人，那么我也会像类似处
境中最疯癫和最大胆的女人一样抓狂。

（也许不知不觉间，这篇叙述也会成
为同病相怜之人的投射吧。）

白天，我还能压制求知欲。夜晚，防
线崩塌，求知欲卷土重来，攻城略地，强
悍无比，仿佛不过是借着日常活动的时光

小睡了一会儿，要么就是暂时被理性削弱了。我整天都在抗拒这欲望，夜里却让它尽情释放。这是给自己的犒劳，因为我已经"好好表现"了这么长时间，好比肥胖症患者，从早上开始严格控制饮食，到了晚上终于准许自己吃一块巧克力。

想给她跟 W. 同居的那栋楼里所有人打电话——我从国家电信网络上抄下了他们的姓名和电话号码——最想做的事，最可怕的事。这么做也许就能听到她本人的声音，就能一下子进入那个女人真实的存在。

有天晚上，我真的拨通了每一个电话号码，不忘先加拨3651。有的是答录机应答，有的无人接听，还有陌生男子接听的"喂?"这时候我就挂断。有个女人接起来，嗓音中性而果决，我说找 W.，对方吃惊地说没这个人，我也惊呼起来，说打错了。这次付诸行动，朝着背德行为迈出振奋人心的一大步。我给每个拨过的号码仔细注明特征，男性或女性，是否转入答录机，是否语带犹豫。有个女的，一听我问起 W.，就一言不发地挂断电话。当时我敢

肯定就是她。过后又觉得，这线索也不算
很确凿。那个"她"也许没让自己的号码
显示在公共电话簿上。

　　在我拨打的电话中，有个叫多米尼
克·L.的女人通过答录机留下了自己的
手机号码。我决心不放过任何可能，第二
天一早就打给这只手机。一声欢天喜地的
"喂"，透露了这声音的主人迫切等待来电
的快乐心情。我一句话也没说。电话那头
的声音骤然警觉起来，咄咄逼人地"喂"
了好几次。我终于一言不发地挂断了电

话，又尴尬，又惊喜，发现有种魔鬼般的
力量，如此轻易就能远距离使人惊慌而不
必受罚。

我的行为与我的欲望是尊还是卑，这
问题我打电话时没顾及，此刻写作时也不
考虑。有时我想，是否这亏欠才是我们实
实在在触及真相的代价。

对自己的搜寻进展既不确定又急需知
晓，原本抛到一边的线索也会突然重新被

激活。给无论多么不相干的事找出因果联系，这一点我能力超群。有一回，他推迟了我们约好的次日碰面。当天晚上我听天气预报，听到主播结语一句"明天庆祝的是多米尼克日"，我竟确信这就是那个女人的名字：他明天来不了我家，因为那是她的命名日，他们要一起下馆子，共进烛光晚餐什么的。电光石火间，推断顺理成章，不容置疑。听到"多米尼克"那一刻，手顿时变得冰凉，身体的反应如此猝不及防，这是推断确实无误的证据。

　　这搜寻，这无节制的线索组合，会让人认为是对智力的不当运用。我却看出其诗意的功能，同一种作用也发生在文学、宗教中，以及偏执狂身上。

　　而我写的正是我所体会的嫉妒，是对这段日子里自身的欲望、感受、行为的追寻与堆积。对我而言，写作是赋予这份痴迷物质性的唯一方法。我总怕漏掉某些根本的东西。总而言之，写作正像对真实的嫉妒。

有天上午，我儿子的朋友F.打电话来，说她搬家了，留给我她在巴黎第十二区的新住址。新房东是巴黎三大的历史老师，会请她喝茶，会借书给她。这些话语从轻松的对话中流出，像炫目的巧合击中我。就这样，接连几个礼拜的无果搜寻过去，却是F.的童嗓带给我知晓那个女人姓名的机遇，她的房东在同一所大学教同一

门学科。然而我断定不可将 F. 卷入我的调

查，不可激发她注定会非比寻常而绝对热

情的好奇心。我们结束了通话，尽管我下

定决心抵制诱惑，却还是忍不住想要再打

给 F.，想请她向房东打探那个女人的事。

不知不觉，请求 F. 帮忙的开场白已经在脑

海中成形。几小时内，满足自我的欲望迫

不及待，战胜了暴露自我的恐惧。到了晚

上，我像个变态那样说服自己，我想做的

事没什么坏处，反而是不得不这么做，然

后决绝地按下 F. 的号码，热切盼望她在

家，使我不必推迟调查，使我可以说出酝

酿了一下午的句子："F.，有件事想拜托
你！很浪漫的事哦！可以问问那人的姓名
吗……"诸如此类。

拜托 F. 帮忙调查后，我以为目的达
成，就觉得疲惫，空虚，多久才有回复，
是怎样的回复，都无所谓了，每次都这
样。而回复又使我疑心再起：F. 的房东完
全不知道她说的是哪位教师。我猜这房
东撒谎，我猜她认识那个女人，也想保
护她。

　　我在日志里记下："决定了，不再见他。"写这几个字时，我不再痛苦，明明是写作减轻了痛苦，却以为自己那被剥夺的感觉与嫉妒心已经终了。刚合上记事本，求知欲又开始折磨我，想知道那个女人的姓名，想获得跟她有关的信息，所有这些，又会再度导致痛苦。

　　当他来我家，进了洗手间，我就被他放在玄关的公文包吸引住了，无法自拔。我确信包里藏着我想知道的一切，她的姓名、电话号码，也许还有照片。我静静走向公文包，对着这黑色的东西发呆，想去碰，又不能碰，连呼吸都停滞了。我幻想自己提着包逃到花园深处，将其打开，把里面的东西一件件拎出来，到处乱扔，像个真正的扒手那样，直到翻出想要的东西才肯罢休。

悄悄去她住的拉普大街找出那个女人的身份，显然很容易。如何巧妙打开我不知道密码的大门呢，只要预约在同栋建筑内执业的妇科医生就好了。但我非常害怕被他撞见，或被他们两人一起撞见，暴露自己的弃妇心态：不再被爱，却仍想被爱。我也可以出钱找私家侦探，可这同样是对别人展示自己的欲望，更何况侦探的职业我也不怎么高看。似乎我只想把发现那个女人姓名的功劳归到自己或运气身上。

在此写作，从而暴露自己的痴迷与痛苦则是另一回事，不会让我像去拉普大街那样害怕。写作，原本就是不让人看见。今天通过写作，暴露并探索自己的痴迷，于我一点也不难，更不会使我尴尬，可我难以想象自己把脸，把身体，把嗓音，把一切个人特征暴露在别人眼中，让人看见我被遗弃而不知餍足的样子，这也太残酷了。老实说，写作一点也不痛苦。不过是强迫自己描述那将我囿于其中的嫉妒心所引发的想象和行为，是把私人秘事化为可知可感之物，好让那些在我写作当下无形的陌生人，之后也能将这个物占为己有。字里行间的已经不再是我的欲望，我的嫉妒，而是欲望本身，嫉妒本身，而我只是在不可见之处书写。

我打电话给他——当然是打手机，他并未给我那个女人家的电话——而他竟惊叫起来："一分钟前我正好在想你呢！"可我听了这话却高兴不起来，也没觉得彼此心有灵犀，只感到难以承受。我只听出：其他时间里他没在想我。而我没法说出口的话恰恰是：从早到晚，我一直在想他和她。

彼此交谈时，他会不经意抛出一句
"还没告诉过你吗？"不等我回答，就开
始叙述他几天前的经历，或是说起工作上
的新鲜事。这句不算问题的问句会立即让
我陷入沮丧。它只说明，同样的事他已经
对那个女人说过了。因为与他亲密，她才
是第一个掌握有关他的消息之人，从区区
琐事到重大新闻。而我总是第二个知道，
"第二"还只是理想状态。伴侣生活的舒
适与持久，很大程度上依赖彼此能够时刻
共享经历与心事，而我已经失去这种即时

共享了。"还没告诉过你吗？"把我归入不定时见面的朋友和熟人行列了。我已不再是他每日生活不可或缺的头号见证人。"还没告诉过你吗？"把我打回时不时当个听众的角色。"还没告诉过你吗？"意思是"我没必要告诉你。"

这段日子，我仍在坚持内心叙述中过活，编织日复一日的所见所闻之物，为的是说给当时并不在场的爱人——我很快发觉，他对听我描述自己的日常生活这件事已经没兴趣了。

身为而立之年的男子，他明明有那么多女人可以挑，却偏去喜欢一个四十七岁的女人，真受不了。很显然，他这个选择证明了他当初之所以爱我，并不是我原本以为的那样：因为自己在他眼里是独特的存在。他就是喜欢成熟的女人，她们通常有这些特点：经济独立、生活稳定，即便没有当妈的经验，也有当妈的兴趣，在性方面温柔细腻。我发现自己只是一连串女人中可替换的某位。其实，我的推论也适用于自己。我该承认，他因年轻而具备的种种优点，也构成我依恋他的关键。可我一点儿也不想逼自己客观地看待问题。从恶意的喜悦与暴力里，我找到了对抗绝望的方法。

在某些社交场合，我的作品得到认可，能使我对这个女人产生补偿般的优越感，但这样的优越感触动不了我的内心。想象他人，想象他们的目光，不论这想象多么清晰，多么使人振奋，多么满足虚荣心，也丝毫无法撼动她的存在。嫉妒原本就是自我否定，把自身与对方所有的差异转化为劣势，贬低的不仅仅是我的身体，我的容颜，还有我的工作，我的整个存在。在那个女人家里，他能够收看我所居住的郊区收不到的巴黎电视一台，就连这也使我羞耻。她不会开车，也从未考过驾照，而我为了能像大家那样开车去西班牙享受日光浴，早在二十岁时就兴冲冲地考取了驾照，这又使我觉出彼此智力的差异：她对实践技能的漠不关心显得多么高级啊。

只有在想象那个女人发现他仍在与我

见面时，才觉得快活，这不，他刚送了我
一副胸罩和一条丁字裤当生日礼物。身体
因此放松下来，仿佛真相得启，如沐至
福。痛苦终于离我而去。想象着她嫉妒的
痛苦，我暂时卸下了自己的痛苦。

　　有个礼拜六的晚上，走在圣安德烈路
上，我想起与他在这个街区共度的那些周
末，那时候的自己并未感到特别快乐，不
过将其当作例行公事，毫无惊喜可言。必
须有一个他者，必须有另一个女人对他的
渴望，才会有种强大的力量，把厌倦以及

我之所以跟他分手的种种理由扫荡干净。
那一刻，我认为只有屁股，只有那个女人
的屁股才是世界上最重要的东西。

今天，正是这屁股促使我写作。

最大的痛苦，正如最大的幸福，无疑
都来自他者。我理解有人对此心怀畏惧，
为了规避痛苦，就尽量只爱一点点，要么
专注于在共同兴趣方面达成共识，譬如音
乐、政治立场、有花园的房子，要么不断
增加性伴侣，将其当作娱乐对象，而不与
生活的其他部分相连。然而，即便我的痛

苦显得如此荒谬，与其他肉体的或社会的痛苦比起来甚至可耻，它对我而言依然奢侈，比起生活中某些平静而充实的时刻，我情愿承受这痛苦。

更有甚者，当我历经学业与辛苦的工作，历经婚姻与生育，总之对社会贡献了自己的力量后，我认为自己终于可以投身于早在青春期就被忽视的本质之物了。

他说的话，没有一句无关痛痒。他说："我在索邦工作过。"我听见的却是："他们一起在索邦工作。"他的每一句话都是供我孜孜不倦解密的素材，我的解读由于无法证实而难以忍受。一开始没注意的话语，到了夜里又会突然想起，带着明晃晃而使人绝望的意义将我蹂躏。在人们通常赋予语言的功能中，交流和沟通反而成了次要，话语只意味或不意味着一件事，那就是他对我或对她的爱。

我弄了个清单，列出过去对他的不满。每写下一条谴责，我都感到强烈而转瞬即逝的满足。几天后他打电话给我，我却不想对他罗列这份满当当的罪名，因为我猜一个人不会认错，除非他寄希望于认错带来的好处。从我这里，他没什么好处可要，如果有，大概就是希望我别再骚扰他吧。

欲望有着了不起的作用，可以利用一切论据支持自己。我因此恬不知耻地采纳了杂志上到处都是的刻板印象和既成见解，安慰自己说，那个女人的女儿一定受不了母亲有个比她年轻那么多的情人，或者女儿也会爱上母亲的情人，三个人从此再也无法在同一屋檐下生活，诸如此类。

走路时，做重复性的家务时，我会搭起理论的大厦，好向他证明，他落到陷阱里了，他应该回到我身边。我这样在心里写小论文，论据信手拈来，滔滔不绝，任何别的课题都不会激发如此强烈的修辞热忧。我们刚在一起时，内心不停滚动的色情画面，现在我尽量避免去想，因为再也不会实现了；所有欢愉与幸福的梦幻，如今全部让位给枯燥而无果的劝说话语。当我终于拨通他的手机，而他只用一句清醒而敏锐的"我不喜欢被人施压"就把我的逻辑建构打回乌有，我才发觉这份劝说之刻意。

唯一的真话，我永远也说不出口，那就是："我想跟你上床，让你忘掉那个女人。"其他一切话语，严格说来，皆为妄言。

　　我的论证策略中跳出这么一句："你情愿让那个女人约束你，却不愿让我给你施压。"真实得令人眩晕。在我看来，这真相如此不容辩驳，正如盈满其中的伤害欲不容辩驳：好想逼迫他起来反抗从前也由我带给他的那种依赖感啊。对自己拣选的字眼，简洁的造句，我很满意，甚至想当即说出这句"杀手锏"，把我那几经推敲的完美回敬从想象的剧场搬到生活的舞台上。

必须做点什么，必须立即就做，一点点延迟都无法忍受。这条紧急状态法则反映着疯癫与痛苦的状态，而我正持续处于这样的状态。必须等到下次通电话，才把自己刚发现并酝酿成句子的真相回敬给他，太难熬了。就好像随着日子的推移，这真相会渐渐变得不是真相了。

与此同时，还有凭借一个电话、一封信、归还一张恋爱相片而摆脱痛苦的希望，希望可以一劳永逸，把这痛苦抛在身后。可是，内心深处或许一直不想摆脱这痛苦，想要一直受苦，因了这痛苦，世界才有意义。因为我所有行为的终极目的，在于迫使他做出反应，维系彼此间痛苦的联系。

有时，无论如何都要采取行动的紧迫感伴随着狂热的算计。发信息还是打电话。今天还是明天，还是下周。说这个还是说那个。到头来，又疑心一切都行不通，于是诉诸抽卡片或叠好的小纸条，因为抽签时可以闭上眼。读签时满足或遗憾的心情，能使我明白自己真实的欲望所在。

如果我能做到不顾紧迫感，把熊熊燃烧的通话欲望推迟一两天，最后通话时自己紧绷的嗓音，组织困难的表达，要么词不达意，要么咄咄逼人，又会糟蹋推迟通话的效果。在 W. 看来，不啻昭然若揭的把戏。

他夹在两个女人之间，男人的惰性使他拒绝探讨，而我感到一阵义愤，再也无法理论，也顾不得言语得体了。痛苦满得

快要决堤，差点就要化作辱骂了："跟你
的荡妇待在一起吧，大混蛋！"——结果
流出的是泪。

有个礼拜天下午，我跟途经法国的
L.一块儿去看戏。我有七年没见过他了。
后来我们在他父母家客厅里的沙发上做
爱，一切来得顺理成章。他夸我美，夸我
口活很棒。开车回家时我想，仅仅是这
样，还不足以让我好过。我往往期待从性
行为中获得"激情的净化"——有首淫曲
小调唱得好："啊！快快插进来／快点完

事吧／啊!（等等）／事后别谈它"——这次并没有达成。

（我期待从性快感中获得一切。不只想得到快感本身，还想得到爱，融合，无限，写作的欲望。可直到现在，我所得到的最好的东西是清醒，一种关于世界的看法，简单得唐突，不带任何情感。）

秋季，我参加某次跨学科研讨会，发言时注意到，第二排听众里有个女人，棕色短发，看上去不高，四十来岁，优雅，严肃，着深色套装，不断望向我。座位边上放着个皮制背包。我顿时确信那就是她。其他人发言时，我们的目光始终扫在对方身上，视线相接四分之一秒，又立马移开。讨论环节，她要求发言。落落大方，言谈得当。她针对我的演讲提问，却面朝我的邻座。太明显了，故意无视我，证明那就是她。研讨会告示一定张贴于各所大学，她一定是从上面读到我的名字，想看看我到底怎样。我悄声询问两个邻座那女人是谁。两人都不认识她。下午，研讨会继续，她没再来。从这时起，研讨会上的无名棕发女人就成了那个女人。我因此感到释然，乃至愉悦。继而又开始怀疑，觉得这些线索不够——即便都是确凿无疑的线索，有若干目击者为证——可它们全是我内心坚信的形象之实现，是我在这宁静的大学研讨室里找到符合自己所想的一具身体、一副嗓音、一种发型，是与几个月来在憎恶中形成并维持的理想类型相遇。而现实中的那个女人很可能有着金色鬈发，害羞，穿超大码红裙，我却就是不信，因为这种形象从来没出现在我脑海里。

　　有个礼拜天，我走在 P 市中心区空荡荡的街道上。加尔默罗隐修院的大门开着。平生第一次，我走了进去。有个男子，整个人匍匐在地，脸面朝下，手臂交叉成十字，朝一尊塑像高声唱诵赞美诗。与扎进这个男人身体的痛苦相比，我的痛苦仿佛并不真实。

有时，我眼前会闪过这样的画面，他突然对我说："我会离开她，回到你身边。"接下来的一分钟将在绝对的幸福与难以承受的眩晕中度过，随后则是极度疲乏，精神上的松弛类似于高潮过后身体的松弛，我便自问，为什么会想要这个呢。

他的性器在那个女人肚皮上的画面，倒是不怎么浮现。更常浮现的是日常生活的画面，他提及自身生活时，小心翼翼地使用单数人称，我听到的却总是复数人称。把他与她连在一起的，并非性事（在沙滩上、办公室角落、酒店钟点房内持续无休地进行着），而是正午时分她拿给他的长棍面包，是混在脏衣服篮子里的男女内衣，是晚上边吃红酱意大利面，边一起观看电视新闻。在我看不到的地方，开始了把他锁紧的驯化进程，缓慢而确凿。小小的双人午餐，放在同一个杯子里的两把牙刷，像这样的彼此交融，似乎正以难以察觉而实实在在的方式，带给他婚姻生活有时会带给男人的朦胧充实感。

过去跟他在一起时，我怕的正是这种日常习惯无声沉淀的力量，而这力量又是如此之强，有的女人为此执迷不悟，把心仪的男人拴在家中，即便她们会因此生气，不满，甚至变得不幸。

跟他通电话时，我也想你来我往说一些过去的私语："你喜欢弟弟，对吧。""才不是任何弟弟，我喜欢你的弟弟。"诸如此类。可我放弃了。如今在他听来，不过是些冷却的猥亵话语，无法唤起他的性欲，因为他可以像个受到妓女搭讪的已婚男人那样回答我："谢了，我的需求可以回家满足。"

越来越多次，在一些短暂的瞬间，我觉得自己能够轻而易举走出这占据，打破这魔法，就像从一个房间走到另一个房间，或者离开房子来到街上。但要达成这一步，还缺点什么，我不知上哪儿去找——不知它会来自偶然，外部，还是我自己。

有一天下午，我与他一起在圣斐理
伯杜鲁勒教堂那边喝咖啡。天冷得要
命，而室内暖气不足。从我坐的地方，
刚好能看见自己的腿，倒映在古怪装饰
着吧台下方的椭圆形镜子里。我穿的袜
子太短，上提的裤脚下露出一圈白色的
皮肤。我的生活总是这样，总在咖啡馆，
总为男人而伤心。而这个男人，他还是

像往常那样，暖昧而谨慎。我们在地铁站告别。他会去找那个女人，走进我永远不可能得见的公寓，跟她一起活在亲密里，正如他也曾活在我的亲密里。我边下台阶边对自己重复；太伤人了，太伤人了。

次日夜里，我醒过来，心在狂暴鼓噪。只睡了一个钟头。内心有什么痛苦与疯狂的东西，必须不惜一切地抛弃。我起床，穿过客厅，来到电话前。我拨通他的手机，对着语音信箱留言："我不想再见你了。但这没什么要紧!"如同卫星通信一般,我远远听见自己的声音,故作轻松的语调,伴随着显得荒唐的轻笑。我回到床上,仍被痛苦攫住。已经来不及吃安眠药了。我回想并背诵儿时的祷告词,毫无疑问,期待着这祈祷像从前一样灵验:带给我恩典或平和。怀着同样的目的,我自慰至高潮。清晨来临前,痛苦扩散,绵延不绝。

我趴在床上,开始幻想。有词语在身下,坚硬如磐石,如耶和华的律法石板。字母却跳起舞来，组合，散开，像在"字母表"的面汤里漂浮。必须记下这些词语，只有它们才能救我，没有别的方法。我怕它们消失。只要不写下来，我就会一直陷入疯狂。我开灯，在床头柜上的《简·爱》第一页草草记下这些话。时间是清晨五点。睡不睡已经无所谓了。我写好了分手信。

第二天，我将其工整地誊写下来，简明扼要，不再夹带惯常伎俩，不要求答复。我想自己已经穿越了那"古代巫师之夜"（Nuit du Walpurgis classique），即便我并不知道魏尔伦这

首诗的标题的确切含义，也忘了诗的

内容。

（给生命中的时刻取个标题，好比在

学校里上语文课，给每段文学时期命名，

也许就能更好地掌握它们？）

他没有回信。后来，我们还通过几次

电话，纯属寒暄而已。后来就连电话也不

打了。

我还是会想起他的性器，像我们第一夜时的样子，横在他腹部，与床上躺着的我双眼持平；大而有力，巨棒一样挺立。类似在电影院，从银幕上看到的陌生性器。

我去做了艾滋病检测。这已成为习惯，算是某种净化仪式，就像我青少年时期，习惯去做忏悔。

我不想再去挖掘那个女人的姓名了，也不想再知道关于她的任何事（说起来，即便有人愿意提供情报，我也在此提前谢绝①）。我不再从遇见的路人身上看到她的样子。走在巴黎市内，我不再草木皆兵。当电台响起那首《我等着》，我不会再转台。即便如此，有时我仍觉得失去了点什么，有点像瘾君子发觉自己再也不需要吸烟或嗑药了。

写作可以留住我生活中不再成为现实

① 也许有人能从我出于谨慎或其他动机而有意识编排的错位系统中认出涉事人，因为本书提到的姓名缩写和各种地点还是过于精确了。

的东西，也就是走在街上时将我从头到脚攫住，继而"占据"我的感觉，也就是有限而已成过去的一段时间。

到此为止了，我从被嫉妒所支配的想象中提取的那些形象，我既是它们的猎物，也是它们的观众；我从自己的思维中清点出的那些陈词滥调，我无法控制它们成倍增长；我描述了内心自发的陈词，充满渴望与痛苦，无论如何也要获取真相，获取幸福——确实，这一切全都关乎幸福。我终于用文字填满了那个不在场女人

的形象和姓名，而她，这六个月里继续化

着妆，忙着讲课，说着话，做着爱，从没

想过她也生活在别处，活在另一个女人的

头脑中，肌肤里。

今夏，我又去了威尼斯。我又去了圣斯特凡诺广场、圣特罗瓦索教堂、蒙廷餐厅，自然还有扎特雷街区，全是我和W.一起去过的地方。在拉卡尔齐纳酒店的辅楼，我跟他住过的房间阳台上，花没有了，百叶窗也关上了。下方铺面的铁卷帘门关着，原先"狗狗咖啡馆"的招牌不见了。我向拉卡尔齐纳酒店打听，得知其辅楼已停用两年。它无疑会被出售，当作公寓。我朝海关博物馆走去，但它因施工而闭馆。在从前的盐仓墙边坐下，只见有水漫进来，滞在码头，形成水洼。运河那边的朱代卡岛上，圣乔治堂和救主堂的外墙都遮上了篷布。岛的另一端矗立着黑压压的庞大建筑，那是史塔基磨坊，纵已废弃，却是完好。

2001 年 5 月至 6 月，9 月至 10 月

图书在版编目(CIP)数据

占据/(法)安妮·埃尔诺著;米兰译.—上海:
上海人民出版社,2023
ISBN 978 - 7 - 208 - 18270 - 7

Ⅰ.①占⋯ Ⅱ.①安⋯ ②米⋯ Ⅲ.①自传体小说-
法国-现代 Ⅳ.①I565.45

中国国家版本馆 CIP 数据核字(2023)第 076650 号

责任编辑 赵　伟
封扉设计 e2 works

封面画作来自朱鑫意的"2020"系列作品

占据

[法]安妮·埃尔诺 著

米　兰 译

出　版	上海人民出版社	
	(201101　上海市闵行区号景路 159 弄 C 座)	
发　行	上海人民出版社发行中心	
印　刷	苏州工业园区美柯乐制版印务有限责任公司	
开　本	787×1092　1/32	
印　张	3.25	
插　页	6	
字　数	20,000	
版　次	2023 年 7 月第 1 版	
印　次	2023 年 7 月第 1 次印刷	

ISBN 978 - 7 - 208 - 18270 - 7/I · 2077

定　价　42.00 元

L'Occupation

Annie Ernaux

© Éditions Gallimard, Paris, 2002

Simplified Chinese translation copyright

© Shanghai People's Publishing House, 2023

本书禁止在中国大陆以外的地区销售